現代短歌クラシックス
05

木曜日

盛田志保子

目次

木曜日

かなしいおばけ　006
ミックスジュース　015
天災木曜日　024
すごろく　032
離宮の花　039
真澄の空　048
妹にキック　055
青いコーヒー　063
長い長い夢　073

夜と詩と花　―イランへの旅―　081
風の庭　092

付録

卓上カレンダー　111
あとがき　124

木曜日

かなしいおばけ

口に投げ込めばほどけるすばらしきお菓子のような疑問がのこる
世の中でいちばんかなしいおばけだといってあげるよまるかった月

藍色のポットもいつか目覚めたいこの世は長い遠足前夜

天国の御手洗いまでいきたくて足踏みしてる秋の夕暮れ

桃の枝ペットボトルに活けながらはやく人間になりたあいとおもう

誰ひとり年を取らないギャグ漫画夕日に塩を撒いて笑うんだ

泡志願少女は波にのまれゆく地に足つけてあゆめる痛み

白い靴浮きすぎてみゆはじまりを食べて生き長らえる海霧よ

二度と覚めぬ夢とか　網戸の心拍数聴診器もて聴きおり

妖しき杖もてふれるでもなし人間の無礼知り尽くしたる魔女

非常灯たどりつけないほど遠く自分自身だけ照らす真夜中

きらきら星変奏曲を聴きながら愛されるための筋肉落とす

セロリふりまわす早朝まよなかの夢に唾液とながれたこころ

箱庭に雨降らせたし箱庭にかみなりさまは飴を落とせし

蜂の巣をたんすに宿しつつ木洩れ日が木洩れ日でなくなってゆく

障子戸が開きむかしのいとこたちずさあっとすべりこんでくる夜

人間のあぶらをつけて蘇る始発電車の窓という窓

地球儀になれぬ林檎は地球儀を飲み込んで青い気体を吐いた

恐ろしい夢を見てきて震えいる明日をいかに帰そう明日へ

体重のかけかたが違う　過去のこと書くとき一字一字はひつじ

よばないでわたしの名前当選者でも迷子でもないんだから

飛行距離最下位なれば机より出ない鳥人間きらめける

折り紙の震える一点見抜いたら電気ショックを与えてみよう

息とめてとても静かに引き上げるクリップの山からクリップの死

今日の日はなにもつけずに召し上がれこの世の甘い味がするから

ミックスジュース

ある朝は網にかかった電車ごとみんなで海に帰りたいです

昼と夜見張りを代わる虫たちの合図に耳が痛くなる刻

風上や川上にいて手を離すありとあらゆるもの　夕月夜

悪天に弱き痛みよ頭部深くりんごの芯を埋めし子供ら

本屋から杓子に汲んで持ち出せばぽたぽた星になる言葉たち

底なしのわが乗用車月光がフロントグラス覗き込んでいる

人と会えば逃げられぬ海ただよいて案外耳に入らない水

幻想よたとえば人と笑いあうこと肩と肩を溶かしあいつつ

森にいて迷子になればかじりたし真っ赤な林檎耳いっぱいに

秋の朝消えゆく夢に手を伸ばす林檎の皮の川に降る雨

トランプを切るとき黒い落ち葉降る一人一人に黒い落ち葉降る

暗い目の毛ガニが届く誕生日誰かがつけたラジオは切られて

ミキサーにぶち込んで待つ最上級ミックスジュースできあがるまで

死ぬ前に飲んでみたいが最上級ミックスジュース飲んだ時死ぬ

りりあんを光のなかで編むように書いてしまった知らない手紙

太陽の血豆破れて舌先にわれはかすかな痛み覚えたり

ひらがなはたぐいまれなる　空中にぽっかり浮いて静止する言語

傷つきし朝顔のために飛び出せばいよいよ立ちぬエメラルドの夜

いま何の管轄でもない秋が来て投票日のない選挙に出ている

まひるまの腹のあたりをこらしめて去って行ったよあの人の針

夕暮れの車道に空から落ちてきてその鳥の名をだれもいえない

神さまは鳩を放ってやるように一人一人に時間をくれた

ヘリコプター海にキスする瞬間のめくるめく操縦士われは

ドコカカラツレテコラレタキガシマス　月のつぶやき拾うみずうみ

天災木曜日

曇天の朝目覚めれば一日を知らない味のするガムとおもう

曇天で始まる一日片栗粉の多き餡のごときわれなり

きみは夢をカラーで見るというわれは羽音で見る　つがいの終列車

雲海にはじめて倒れゆく鏡だれの姿も映さずにゆく

脳天を破って空は花曇る死んだ金魚を頭にのせて

夢の蜜垂れてるシルバークリスタルスワンの羽根を底からのぞく

なまいきと書かれた通信簿うわの空の国へ行けっていわれた

パステルの神たち風の丘に立ちなにやら作り物めいている

結婚の才能がある夕焼けの皿にのせたい　目玉焼き焼く

無駄話の無駄の字こわく大雪の休講掲示板を見にいく

甲斐もなく死んでしまったいとこたち青い山道将棋倒しに

思い出は孤独の毒を吸い上げる母さん鹿の臓器のように

折りたたみ傘を位牌のように差しだれかのさきをきみは歩める

フラスコにいれて歩めば配合のいとめずらしき薬品が鳴く

天井の木目に沿って流れゆく夜の涙が大きくなりぬ

「きょうのぶん取ってください」班長は気前がいいんだかわるいんだか

おどろかぬ子供の棲んでいる国へ行きたいきみは予選で落ちた

あり得ないという文字三角テントの一隅から落ちてくる夜

すきなだけ方式の惣菜店にて三十一万円のお買い上げ

空と街どころかわれも夜になる暖炉を覗きこむようなおじぎ

やすっぽいおもちゃのように腕伸ばすどうか一番遠いところへ

一回でいいわたしなり　世界地図　木の根のように地球をつかみ

すごろく

「ゴールデンウィークってなにゴールデンぜんぶでしょぜんぶ」眩む暦

「親知らず抜く痛みには耐えられる生えてくる痛みに代えられない」

「しゃべってるときにしゃがむな花びらが上から下に落ちるからって」

「左手に見えます恋の終わりです」腹から声が出ないバスガイド

ひまわりの発生すべき夜の闇「念写念写」とレンズを向ける

「呪いだよ呪いだよ」って授業中ハイソフトのおまけ投げつけ

「アナタニモ、呪イノヨウナ五七五、アゲタイ」チェルシーロ調で告げる

感想がないの雨には　五月雨の　降り残してや　雪舟えま

「恋をして死ぬってことはある日ドッペルゲンガーみて死ぬってこと」

「うみねこに一応きいてはみるけれど海と空あおいほど嘘つき」

「これからはやっぱヘリウムガスなんよ紐つけて犬みたいにして売るんよ」

「このテのあたまあそびはみやぎくんのほうが達人かとおもわれる」

おしゃべりな口の形をしてきみといつまでも食べていたい花々

猫いえり「たしかめ算でまちがった答えは見つけられっこない」と

あやしげな化石あつめて「この世にはどうにもならないことがあります」

「ねえ先生　生きるの辞めてどこいくの」「南へいくんだ　南に着くまで」

まひるまの水平線をゆっくりと指でなぞって「お口にチャック」

まだ寒き春のしっぽよなに聞かれてもユウライクミイと答える

雲をさし「どっかでみた」ときみがいう　そうだ　葛飾北斎の空だ

離宮の花

アンコールの拍手のように強くなる雨音に思い出したり　神様

塗り置きし砂糖水　聖夜、黒光りする虫たちがおりますように

ブリジット・フォンテーヌ聴く三月の鏡こわれて嵐を映す

紫陽花と肉体労働キッチンの床に寝て聴くジミ・ヘンドリックス

手を伸ばし帽子を投げて地団駄を踏んで歌えりジュリーは愛を

指揮棒を振り上げたまま窓に冷ゆミッシェル・ルグランおやすみなさい

今日のウォークマンはツィガーヌ地下鉄も扉をあけて待っててくれる

すきよスプーンおばさんあなたみたいに生きたいわ　口ずさむときこぼれるなみだ

ピアノからピアノへ飛んだ禁断の記憶があって泣きたくなるの

さわっても指紋がつかぬ球体のあまた浮かびて元気な宇宙

ちぎっては投げるパンより賢明とアコーディオンの鍵盤ばらす

読みかけの本投げ捨ててハンガリー舞曲のまえで写真を撮った

あのこの眼絵にするためにつながれた犬の鎖をはずして歩く

何処何処と少女のドラムひびくとき転校生と風吹きぬける

北めざし離陸する風見送って　恋は天空のアロハオエ、とか

「離陸ってせっぱつまってあらがえないこの世を離れる行為　恋だね」

何層も重ねて巻いた包帯のなかからひかりの声がするんだ

激しさは透明無色火に弱く水にも弱く歯形を残す

「夏苦しい」たった一言そう書かれたアルバム評を手に走り出す

このヘッドホンのコードはみたこともない花びらにつながっている

あばらからこぼれ落ちない心臓よピーナッツのみんなは頬杖を

レコードの針には毒が盛られてる長い溝にはいろいろあるから

靴下のまま飛び移る漆黒のグランドピアノ西日のなかの

バロックの旋律のごと人々は自分以外の物語り持たぬ
音楽の人はつよいね愛されることから逃げるすべを知らない
きみの樹の上で寝ている紺碧の空を起こさぬようにうたおう

真澄の空

天上のいす取りゲームというよりもハンカチ落としに巻き込まれたわれ

おとうとを光る鎖で連れまわす夢を駆使して言葉教えたり

見ぬ夏を記憶の犬の名で呼べば小さき尾ふりてきらきら鳴きぬ

途方もない空の話を聞くうちに眠りしわれを起こす夏の杖

傷口を瘡でふさがれ体内を行き場のない詩が循環している

耳鳴りはかくまで痛し　風やみて世にも正常の獅子あらわれる

あざやかに置き忘れたり　木炭と光　ブルータスの胸郭

諸々の悪とて「花型パレット」の上では待つしかないのだ筆を

文章になるわけもなくわが父はめくるめくおんなことばの数字

宿題の日記開いて悩みおり砂・ガソリン・風なに色をしたる

写真には現像されぬ夜の海ガードレールだれの骨だろう？

ミイラみて日差しのなかに躍り出る人生にペーパーウェイトほしい

重き頭をはだかの膝にのせたまま心霊写真あしゆびでさす

海おそれ泣いた日われの心にはもう広がりぬ青い落書き

海の花咀嚼している波の音聞いてやすらかなるわが眠り

海水に耳までつかり実況のない夏休み後半へ続く

自転車に乗るのは風に飛ばされてみたいから　横殴りの恋よ

こわがってはやく投げたね星空にバウンドをするロケット花火

一族のような横顔どの人も海に向かって坐っている日

しみこんでくる夕闇の明るさよ田舎とは透明ということ

妹にキック

春、ぬるき日向夏《ひゅうがなつ》抱くいもうとの白い眠りを妨げたくて
廃線を知らぬ線路のうすあおい傷をのこして去りゆく季節

アンテナをフリーハンドで描きましてその下は海　きみのえかきうた

春の日のななめ懸垂ここからはひとりでいけと顔に降る花

金色の焼きおにぎりの三隅をいっせーのーで割る朝ごはん

いまなにも考えてない証拠に林檎をかじってる輪になって

妹を家屋にたとえれば家具も識別できぬほどの陽あたり

おおよその配合で作る真夜中のお菓子ほど美しいものはない

雨だから迎えに来てって言ったのに傘も差さず裸足で来やがって

十円じゃなんにも買えないよといえばひかって走り去る夏休み

どんな名も拒むあなたの魂をビーカーに注ぎ熱する五月

ビーカーの底にはなにが残るアルコールランプが終わるころには

試験管に詰められるだけ雪詰めて振ったら指が折れてしまった

すべり台のすべるほうから駆け上るだん、だん、という音だけ　春夜

荒天を笑わぬきみの目をおもう死ぬときはどんな人間も一途

花殺しの名を与えたし羽虫にも土にも犯されぬ教師たちに

レクイエムつま先で回るダンスわが遺伝子になくておおぼけの夜

花の名は花の声にて聞きたしと耳を澄ませるわが家族なり

内側はすべて花色夕暮れに積み木を落とす神様の子供

リモコンを瞳に向けて撃つときの痛みのような二月の部分

「胃が立つ。」と泣いてるうちに黒鍵につっぷして寝るあなたの不思議

ふりむけば光に溶ける木々の葉よ記憶の中で油断する人

桃色の付箋が生えてある朝の列車時刻表飛び立ちぬ

青いコーヒー

いつか死ぬ点で気が合う二人なりバームクウヘン持って山へ行く

出逢わなくてもよかったのにという劇的　遠足の日の朝焼け

あまりにも速いので外が見えぬドロシーの家みたいな人生

笑いこらえ歩く銀河の船底は布が一枚張ってあるだけ

きみが身に纏いしものはなにもかもこの世のものなり　北風の勝ち

クーリンチェ少年殺人事件起こす青い力のなかで出くわす

いつか見たという熱烈な理由　鳥かごにきみをつかんで入れた

ももいろの鳥の絵シールを貼ったならたちまち煙る手紙の森は

葬儀屋を見上げる角度　人はみな慌てふためくことなく白痴

母親が教え続けるのは名前　呼べばあなたのほうを向くから

一瞥に七人の神棲んでいるごはんの箸をとめて見ている

一心に糸を巻く夜　死ぬ時は胸のところが遠くなって死ぬ

一息に笑わぬきみはいつだってジョナス・メカスの映画のようだ

どうやってしゃべっていたか忘れたの　雲のくちびるうらやましいな

水色にふるえる朝の空高くくるんと飛び込むわたしがみえる

めちゃくちゃの着信音の後きみはＮＡＳＡの顔して空を見上げた

春の水くぐる気泡のようなもの死にたくないというアイデアは

トキの保護センターに降る雨音ときみの寝息のひみつをおもう

氷山の甘い歌声聴こえくる溶けだす過去のふたといれもの

今日様へ書いた手紙はひきだしの中にしまって会いたくないの

無意識の底に広がる絵巻物かかとで土に描いている夜

はい吸って、とめて。白衣の春雷に胸中の影とられる四月

羽根を打つために駆け出すそういえばこの世の第一印象は空

ジャンパーになんだかわからない種のいがいがつけて踊っていた日

紅茶の葉底をつかない瓶のこと　ふたりにはこわいものなんてない

目の体操　わたしの歌を読むわけをあなたは言えり　蜜月のころ

悪ふざけしすぎて秋はかえらない鏡の池に身を乗り出しぬ

冷たくてさわれぬ落ち葉きみと飲む二億杯目の青いコーヒー

長い長い夢

ある朝はいっぺんに赤いもみじの葉　先立つ不孝という声がする

言の葉の赤き葉脈夢に出て「あ」といって覚めぬ明け烏の朝

歯ぎしりに奥歯疲れて夢ながら水車の音の道通りけり

壁に背をぴたりとつけて覗きたる万華鏡にはうしろの砂漠

ばらばらにきみ集めたし夕焼けが赤すぎる町の活版所にいて

山茶花に棲みたる毛虫一本の毛にも重たき毒もつという

愛されぬという長い長い夢を見ながら万緑のなかおおはは逝きぬ

指のはら柿色に染まりて落ちがたし「かさぶた式部考」繰りつつ

人生にあなたが見えず中心に向かって冷えてゆく御影石

ひかりダコに蝕まれたる身体もて生まれ落ちけむ奇跡の人は

あまたなる星投げ込みし父の手を羊水の波に揺られつつ知る

水性の闇、神の巣に落ちやすし　灯籠の足はふかく眠りぬ

定型というこの地上入れ代わり立ち代わり人は歌うたうなり

平鍋に菊の花びらわっと煮て雪野にあけて冷ましてみたし

夕鶴の広げた羽根の大きさの闇つぶて残る雪深き村

わが眠り追ってあとから眠るらし古代朱のささくれ持てる右手は

滝の音うまく聞けずに聞きなおし聞きなおしすれば朝となりける

幾重にも折り重なって吹く風のふしぶしに残る赤いまち針

やわらかき視線感じて見上げれば手首に落ちる林檎の皮よ

結晶の形知ることなく愛せ降る雪は銀河鉄道も止める

繰り返すかなしみのような夕焼けにわれは知りたし糸車の主

夜と詩と花　―イランへの旅―

日本が心からはみ出していく見たこともない折鶴を折る

生活の習慣を変えようとすればひらめくように頭痛するなり

テヘランのゲートは家族でごった返し花を持った子や羊や

トラックの荷台に乗って風に書く世話になる親戚の系図

美しいものは隠しなさいというヘジャーブ着用奨励看板

目の裏にチャドルの影だけが残る極彩色の通りをぬけて

丸川のフーセンガムと出会いたる砂漠の町のなんでも屋さん

鳥葬の丘に登れば足すべり悲鳴こだます旅行者と雲

今を割り今をかじるとこんな血があふれるだろう砂漠のざくろ

星空が動かないことといたく知るモスクのまんなかで目をつぶる

人生を五回のお祈りに見立て花の様なる輪廻の素顔

過去姫と未来姫連れさまよえる鏡でできたひかりのなかを

ナン、紙のようにたたみておつかいの少年田舎道をかけぬける

水パイプぽくぽく鳴りぬ膝立ててマフマルバフの娘の話

水と夜出逢う広場をゆっくりと歩けばすべり落ちたサングラス

なんてやさしい悪戯だろう　さらさらと深い水路を流れゆくめがね

顔に毛をいっぱい生やし少女らはあまり笑わない　花のまんま

（十四才、見ればわかるよ）ささやきて振り返る夕暮れのバザール

花　いえないことを代わりにいっている　吸い込んで吐かぬねがい

凪くじく羊の群れよ羊にも凪のむこうに神様がいる

かわいくて死にそうな青いドアのまえ求愛のたぐいにちがいない

友だちのうちはどこでもよくなって帰りたくなるわたしだったろう

羊抱き走るバイクのライダーを撮るべく騒然となる車内

「これをみるわたしへ」というペルシャ語のらくがき青い紙幣のすみに

地図よりも人を信じる信じたらたどり着けない海辺のホテル

エンジンを切って見上げる天の川電線走る電気の地声

落ちてくる星のしぶきに口あけてどこからきたのと問われていたり

夜は海にきっと入りにいくんだろういつしか月の匂いの枕

番犬が職務の前に立ち寄ったカスピ海にわたしがいる朝

妊婦見てお葬式見て軽石を買って帰りぬゆうぐれの道

あなたの手が痛くなりませんように《ダステ・ショ・マー・ダル・ナコネ》という挨拶を持ち帰る割れ物扱いで

折鶴の折りしままなる三色をくすり箱の底にしずめたり

風の庭

停電の街に落ち葉はふりそそぎ夢からさめたばかりのシグナル

少女の目少女漫画に描かれて黒い闇にも見開きいたり

ああなにをそんなに怒っているんだよ透明な巣の中を見ただけ

制服を知らぬ妹まっしろな小鳥と分け合いし日々の朝

南から来た子に夏を教わって缶カラみたいなトンネルで騒ぐ

妹の小鳥が逃げた　あたふたと着のみ着のまま玄関の外へ

馬鹿な鳥　妹から色たちが消え　ばかなとり　青い夕闇の中

ひび割れし窓のガラスもいっしんに月を集めて夜とまじわる

世界史の教科書抱いて眠る夜　点いたり消えたりする明日かな

あくびして落ちた涙をソムリエは生まれる前の妹と呼びぬ

野外フェスのそこだけ晴れるなんてやっぱりスタアなんだな民生《たみお》は

不治の空（馬鹿は死ぬまで治らない）かいがいしくも看取らんとして

燃えやすき額の髪はそよそよとさわれば怒る夏の妹

さよならは練習次第ラケットをぶんぶん振って走るよみんな

われわれは箸が転んでもというか箸の時点で可笑しいけどね

地の果てへわれより奪いしもの放る窃盗犯のごとき夕焼け

マルメロをきみに手渡す夜学にてわが指先より風熟れゆきぬ

天を蹴る少女の足を引き戻すべく冬の日のブランコが鳴る

膝の上ひっくり返される夜のおはじきひとつまたひとつ消ゆ

音楽に手を翳しおり木枯らしの夜空に病の巣のごとき雲

秋冬は深まってゆき春夏は広がってゆく自在なり日本

円盤のカマンベールをほおばれば四面楚歌なり二人の秋は

あのこ紙パックジュースをストローの穴からストローなしで飲み干す

すぐ帰りたくなってくる病状が悪化していくこの夏が峠

遠足はおあずけだってさぞろぞろと解散しました心象学園

夜の川つかめばぐんとのたうちて蛇のごとくに姿を消しぬ

かゆい目の光を拭いながらその手であちこちさわらないでね

われわれは毎度真夏に投げ出され毎度聞きそびれる忘れかた

鳶色のまなざしをせり生きている川面にぬいぐるみ放る男子は

人生よあれほど多くの人間と一緒に動いた修学旅行

貝殻を肺にひらきて呼吸せりあえなく人の海に立ちながら

下駄履きの脳外科医が来る子供らよすっぽり青いゴミ袋かぶれ

春雷におののいて草の上に伏す心がきみを唱えてやまぬ

残酷な遊びをしたね改札に吸い込まれる億単位の破片

夕鼓やっぱり三十一文字じゃたりん自転車ひっぱっていく

風上のライオンが見る夢の香を浴びてめざめる草食動物

かなしみは夜の遠くでダンスする彼にはかれのしあわせがある

風に溶け風で梳かして風を解け蜻蛉ひりひり前ばかり見ている

母が若き母に伝えむとしてむしろ紫蘇の葉の赤　どこまでも夜

ひとりみの母を思えり生まれない経験もたぬわたしは錯誤

そのときはいいとおもってやりました迷彩小学生　正論

墨の川　音のみとなり流れたる　夜を隠すなら夜の中へ

ぼたゆきの影ふりつもる青畳　天命を待つなんて知らない

目に余る蒼さの夜は澄み切って言葉は黒い枝となりける

あっちゃんはどこにもいないということがきらきら羽虫のごとく来たれり

天災のごときスポットライト浴び草や木はやがてつながってしまう

あいまいに終わる父とのかくれんぼ　カーテン引きなさい　母の声

星と星つなぐ閃き買って出てあたり一面の星をかなしむ

世界中世界なんだと会うたびにきみは教える鼓膜のありか

かっこいい形の石を探してる夜も裸眼で。それだけのこと

付録　卓上カレンダー

春くればどこかへ行こうときみはいう春には春がここに来るのに

三月のクラリネットの仄暗さやさしい人を困らせている

うつむいているはずだから愛すると思うすべてのギター奏者を

宮沢賢治にどこかやさしくなでられた記憶があって帰りたくなる

古道具市にならんだ経験はめまいのようにわたしだけのもの

ＴＳＵＴＡＹＡへの長い坂道、返してもいい物語、春風のなか

国会の拍手まばらな梅雨の午後網戸を売って暮らす人あり

食べ終えたアイスの棒が指先を離れるまでの時をいとしむ

雨の音はげしくなれば真夜中に灯る場所あり人立ちすくむ

引き上げる網目いっぱいきらきらと海をこわしてあらわれる色

笑いあう夏の記憶に音声はなくて小さな魚が跳ねる

もっとふざけて生きればいいと雨樋をつたって歌う激しい雨は

かなしみは一人に一つかきごおり食べ切るころに鳴る稲光

洗濯機はるかにまわれ夏草にしずくを落とすアラン・シリトー

オレンジを山盛りにしてある朝がすごい速さで指を離れる

だれも知らないホテルに泊まりそっとしておく朝もやの湖のふち

好きな人の好きなものを好きになれぬこと一番星のように輝く

ミュージックどうぞといって海で死ぬそういうものにわたしはなりたい

まぼろしの撮影隊がやってくる秋裏返し秋裏返し

葡萄噛む一人の午後は少女期の祈りのような時計の歩み

カームダウンカームダウン十一月腐葉土の山みたいなあなた

明暗を乗せて走っていく秋の回送バスに手を振る子供

よそ行きの服で小さくなる父母を見送り続け東京暮らし

夕方の明るい商店街を行く　人でよかった葡萄でなくて

あやまればきみはいいよと言わないで真夜中に聴く夜のガスパール

連絡が途絶えたのちのやわらかい空き地に咲いたコスモスの群れ

交通事故のような夕暮れ人と会いぐにゃっと曲がり戻らぬ心

秋刀魚ではなく秋刀魚という愛なのだ時間指定で届く二十尾

この窓を開ければ見えるふるさとの送電線のはるかなたわみ

空腹と若さは同じ吐くもののないかなしみが腹の底から

単細胞生物の死の瞬間が拡散されていく冬の昼

てぶくろの中で蠢く動物がぱちんと消えるまでのてぶくろ

人情をあやしく仕舞うためにあるポケットいつも汚れたコート

ぶしつけに押し黙るとき甘きもの一直線にわれを貫く

手に入らぬ女の子という気持ちわからないまま聴くモリコーネ

あこがれは何年先も追いつかない宇宙図鑑のおまけのページ

あとがき

まさかもう一度、『木曜日』のあとがきを書く日が来るとは思わなかった。久しぶりに読んでみたら、みんな元気だった。（歌が）

『木曜日』は二〇〇三年、「歌葉」というオンデマンドの歌集レーベルより刊行された。サービスの終了にともない絶版状態だったが、この度「現代短歌クラシックス」で復刊していただけることになった。本当にありがたいことである。

短歌を作り始めたのは大学時代、歌人の水原紫苑さんによる授業、「短歌実作」をとったことがきっかけだった。何度でも書いてしまうのだが、やはりわたしの原点である。

短歌を作ることは、あの暗くて名もない、わけのわからない、夢の話のように不確かであやうい、でもなぜかおもしろそうに強い、減らない、イマジネーションや思いつきに、親しみを込めて呼びかけ、限られた字数で名前をつけ、命を吹き込むことなんだな、とわたしは思った。あれもこれも言葉にしていいんだ、と。そのうれしさ、たのしさははかりしれず、どんなよろこびにも代えがたく、人生でもっとも大きな体験のひとつである。

今回は新たに、結社誌『未来』に掲載された歌を中心に、三十六首を「卓上カレンダー」として収録した。春から夏、秋、冬と、読む人の手の中で、机の上で、小さな季節がめぐりますように。

旧版の『木曜日』に関わってくださった加藤治郎さん、荻原裕幸さん、優しい表紙を描いてくださった古橋久具衣さん、解題を書いてくださった穂村弘さんに、あらためて感謝をしたい。そしてこの度お世話になった書肆侃侃房の藤枝大さん、見れば見るほど木曜日っぽい装丁にしてくださった加藤賢策さん。新しい『木曜日』をありがとうございます。

最後に、この本を手に取り読んでくださった皆様、本当にありがとうございました。

盛田志保子

二〇二〇年一〇月

本書は『木曜日』（二〇〇三年、BookPark刊）に未発表を含む「卓上カレンダー」を加え、一冊としたものです。

著者略歴

盛田志保子（もりた・しほこ）

一九七七年岩手県生まれ。二〇〇〇年、『短歌研究』が行なった短歌コンクール「うたう」において、「風の庭」50首で作品賞を受賞。二〇〇三年、第一歌集『木曜日』（BookPark）刊行。二〇〇五年、随想集『五月金曜日』（晶文社）刊行。未来短歌会所属。

現代短歌クラシックス05

歌集　木曜日

二〇二〇年十二月十五日　第一刷発行

著　者――盛田志保子

発行者――田島安江

発行所――株式会社 書肆侃侃房（しょしかんかんぼう）

〒810-0041

福岡市中央区大名2-8-18-501

TEL 092-735-2802

FAX 092-735-2792

http://www.kankanbou.com　info@kankanbou.com

ブックデザイン――加藤賢策（LABORATORIES）

編　集――藤枝大

DTP――黒木留実

印刷・製本――亜細亜印刷株式会社

ISBN978-4-86385-432-1 C0092